LA PARISIADE,

POEME

HEROI-TRAGI-COMIQUE.

DÉDIÉ

AU COMITE D'INQUISITION

Audax omnia perpeti
Gens humana ruit per vetitum nefas.

HOR. ODE. III

Par un HOTTENTOT.

Au Cap de Bonne-Espérance.

1789.

MESSEIGNEURS,

Les Condé, les Turenne, les Chevert, par des attaques rapides ; des positions imposantes, & des retraites quafi miraculeufes, n'auroient jamais illuftré la France & éternifé fa gloire, s'ils n'euffent opposés des effains d'Inquisiteurs aux nuées de Croates & de Pandoures, deftinés, par état, à harceler les armées, à éventer & déconcerter les projets des Généraux. De même, les Chapelier, les Syeyes, les Mirabeau, n'auroient jamais travaillé efficacement au grand œuvre de la conftitution, fans l'établiffement d'un Comité d'Inquifiteurs.

C'eft donc à votre infatigable vigilance, Meffeigneurs, que la France doit la célérité des travaux de nos modernes Légiflateurs. Ces trois têtes de poids operent maintenant en paix fous votre égide, & votre nationale légéreté fait évanouir les entreprifes des Pandoures aristocrates.

En attendant que la France s'acquitte envers vous, Meffeigneurs, je dépose à vos pieds, mes hommages & ma reconnoiffance. Ma conscience me force

à vous dénoncer un petit Ouvrage ,
que mon étourderie ma fait entreprendre. Il a pour titre : *LA PARISIADE* ,
Poëme héroï - tragï - comique. J'ose es-
pérer que ma bonne-foi trouvera grace
devant vous : c'est l'amour de la gloire
qui m'a fait Auteur , & ma vanité est
une suite de la révolution. Ce tact fin
qui caracterisoit si bien l'esprit français ,
ayant pris une phisionnomie toute con-
traire , je n'ai pu résister à l'envie d'a-
voir part à la célébrité qui est devenue
un vaste communal.

Voilà , Messeigneurs , une foible es-
cuse. Vous verrez cependant que ma
plume ne s'est jamais écartée de la justice
la plus scrupuleuse. Combien n'ais-je

pas été indigné de voir ridiculiser dans le Public l'affaire de Meudon & celle des Annonciades. Dans deux épisodes de mon Ouvrage, j'ai manifesté l'enthousiasme que m'ont causé ces deux expéditions; je les ai supprimées, parce qu'il est mal adroit de prendre la défense d'une réputation invulnérable. Je prouve que le général Lameth s'est conduit en militaire consommé. Il n'ignoroit pas qu'il pouvoit trouver un grenadier sous chaque guimpe de None, & l'auteur de la prise des Annonciades, ne savoit pas sans doute qu'un de nos grands partisans a surpris une forteresse en cachant ses Soldats sous des chasubles & des surplis. Le chantre de ces deux campagnes finit par nous apprendre qu'on n'a trouvé dans les deux monasteres, qu'un jardinier à la voix de Stentor, & une femme de basse cour, fraiche & potelée, comme si nous ne savions pas que des Capucins ne peuvent pas plus se passer de pondeu_ses, que des Religieuses de carottes.

J'attends vos ordres, Messeigneurs, pour publier la défense du Général Lameth, à moins que vous ne jugiez comme moi, qu'il est au-dessus de toute atteinte.

Il ne me reste plus pour completter ma justification, qu'à vous motiver les raisons qui m'ont déterminé à faire dominer le ton burlesque dans le petit ouvrage que j'ai l'honneur de vous

adreſſer. D'abord, j'ai dû me confor-
mer à l'eſprit du jour ; en second lieu ,
je voulois me faire lire par mes Héros.
Je ſais bien que j'aurois pu mettre mon
ſujet en opéra ; un grand homme nous
a appris que ce qui ne vaut pas la
peine d'être dit, on le chante ; mais
pouvois-je, vû le déficit de l'Acadé-
mie de muſique, l'induire aux dépenſes
exhorbitantes qu'auroient entraîné la
nouveauté & la variété des coſtumes
& des décorations. Pouvais-je mettre la
révolution en tragédie ? Eh ! qui n'auroit pas ri, en voyant ſous les murs
de la Baſtille, le Savetier du coin ,
revêtu de l'armure de François premier,
le caſque à la main, demander poliment

aux paſſans, qui va-la, s'il vous plait!
Il faudroit être une abeille littéraire,
pour extraire quelques traits héroïques
d'un cahos de rivialités. Pouvois-je
d'ailleurs entrer en concurrence avec
l'auteur de Charles IX, qui a obtenu
le privilége excluſif de ce genre de
poëſie. Il me reſtoit à la vérité la car-
riere comique, mais je l'avouerai, à
ma honte, je travaille envain depuis
ſix mois, à trouver plaiſant le maſſacre
de M. de Launay. Si ces motifs, Messeigneurs, ne déſarment pas votre
juſtice, & que mon ſupplice vous pa-
roiſſe néceſſaire pour intimider nos
Ecrivains modernes, je conſens à mou-
rir, mais que ce ſoit par la Guillotine.

Le choix de ce genre de mort, prouvera
du moins mon respect pour tout ce
qui émane de l'auguste Assemblée.

J'ai l'honneur d'être avec respect,

MESSEIGNEURS,

Votre très-humble
& très-obéissant
serviteur.

LA
PARISIADE,

POEME

HÉROI-TRAGI-COMEDIE

CHANT PREMIER.

Ouvrez moi le parvis du temple de mé-
    moire :
Des héros du Pont-neuf, je vais chanter la
    gloire ;
Peut rire qui voudra d'un si noble projet,
Car je suis des rieurs le très-humble valet,
Et l'on peut aujourd'hui, sans être ridicule,
Dévouer ses crayons à l'illustre crapule.
Aux Porcherons, Vadé choisit plus d'un tableau,

Traiter sujets pareils ne fera pas nouveau,
Et du chantre d'Henri, la célèbre Héroïne,
N'étoit, on le fait bien, qu'un torchon de cui-
      sine.

LOUIS régnoit encor la nuit nuit du samedi,
Et ne prévoyoit pas que dimanche à midi,
Des doctes du café la cohorte infernale
Eût soufflé son esprit aux savans de la halle :
Toutefois au Palais, sur les ponts & dans l'air,
On n'entend que le nom du financier Necker.
Aux armes, disoit-on, il a fait la culbute,
Par un coup de jarnac, on a hâté sa chûte.
Accourons le venger : mais au Palais-royal
Si l'on parle beaucoup, on se bat assez mal.
Les prudens harangueurs montent à la tribune
Pour engager la halle à la cause commune.
Ils tonnent, & déjà leurs chaleureux discours
A tous les porte-faix mettent l'ame au rebours
Et pas une catin, pas de Judith moderne,
Qui ne promette alors la tête d'Holopherne.
Le malheureux badaut qu'on exile aux combats,
Approuve aveuglément ce qu'il ne conçoit pas ;

Car le peuple toujours, par celui qui le flatte,
Pour ôter les marrons, laisse prendre sa patte.

CHANT II.

Le lecteur doit savoir qu'il existe un jardin,
Où l'on voit à midi, le soir & le matin,
La foule des oisifs s'empresser de se rendre,
Prodiguer les bravo, souvent sans rien com-
      prendre
A ce qu'un forcené lit d'un ton absolu;
Car d'applaudir ainsi, l'usage a prévalu,
Et l'on verra bientôt cette noble cohue,
Vouloir tout égorger au premier cri de *tue*.
Le quartier de réserve est au Palais-Royal;
C'est du café de Foi, qu'est parti le signal;
Mais des loix du combat les chefs ont peu
      d'usage,
Puisqu'ils ont au début toléré le pillage.
Le soleil effrayé des apprêts du trepas,
Courut s'ensevelir dans ses limpides draps,
Laissant ses substituts, messieurs les reverberes,

De toutes ces horreurs les témoins oculaires.
Les héros vers le camp avoient porté leurs pas,
Ils y bravoient la mort qu'on ne leur donnoit pas.
Ah! qu'il est généreux ce mépris de la vie,
Lorsque de nous l'ôter on n'a pas eu l'envie!
Pour moi je volerois au feu comme un éclair,
Si l'on me promettoit de ne tirer qu'en l'air :
Cette fois cependant autre zele m'emporte,
Et je cours bravement m'assurer de ma porte;
J'allois passer la nuit pour la postérité,
Et chanter les appuis de notre liberté;
Mais j'avois près de moi ma maîtresse fidele,
Vous osez disposer de ma nuit me dit-elle?
Vos héros valent-ils la peine d'un récit?
Couchez-vous? j'obéis, & je me mis au lit.

CHANT III.

TANDIS qu'on menaçoit de faire une compotte
Des Bourgeois assemblés chacun dans leur Dis-
trict.
Faux ou vrais dans Paris, c'étoit le cri public,

Quelques-uns s'écrieroient, Messieurs, à la
       moutarde ;
C'est assez s'amuser, assemblons une garde ?
Depuis peu de nos murs on a fait le blocus ;
Convoquons dès-ce jour nos freres les cocus.
On peut être guerrier, & mari pacifique,
La Cour le prouve assez, c'est un fait authen-
      tique,
Cet essain de cocus nous suivant aux combats,
Plus que Sa Majesté nous aurons des soldats,
Et la braverons jusques en sa demeure ;
Car la loi du plus fort est toujours la meil-
      leure.
Quelques autres disoient, messieurs, soyez
      prudens,
Que diable ferez-vous contre des régimens ?
Avant de vous livrer au plus affreux désordre,
Il faut de leur départ qu'on sollicite l'ordre.
Les braves Electeurs adoptent ce projet ;
Le peuple opine aussi du geste & du bonnet.
Sourdement se forma la bande martiale,
Qui doit à nos moulins devenir si fatale,

Montmartre pour vous mettre à l'abri de ses
coups,

Il n'eſt qu'un ſeul moyen, tombez à ſes genoux,

J'ai vu ces demi-dieux ou bien ces demi-diables

Vouloir pour coup d'eſſai bloquer les incurables.

J'ai vu leurs généraux, meſſieurs les échevins,

Propoſer de livrer l'aſſaut aux quinze-vingt.

L'intrepide valeur par-tout les accompagne.

Parbleu je le crois bien, le fer de Charlemagne

D'un de ces vils grédins a décoré le bras:

Ils pourront tout braver, je ne m'étonne pas

Si dix mille d'entreux de leurs bras homicides,

ont oſé déſarmer quinze ou vingt invalides.

CHANT IV.

On voit de tous côtés s'élancer des torrens,

Les bataillons épars ſemblent des juifs-errans;

L'honnête homme en ſecret forme des vœux
peut-être,

Pour que ces malheureux ſoient logés à Bicêtre;

On couvre d'autres noms cette infidélité,

Les

Les mutins font nommés pilliers de liberté,

Et l'honnête bourgeois fera forcé de fuivre

Le mercenaire vil que lui feul faifoit vivre.

Mais il eft dangereux d'élever trop la voix,

Tant que les porcherons nous dicteront les

        loix.

Qui nous dit que d'ailleurs la volonté fuprême

A ces héros crotés n'a pas dicté le thême?

Ayons pour cet inftant la foi du charbonnier,

Car la perle éft ici dans le tas de fumier;

Et l'on fait depuis peu, le fait eft véritable,

Que de l'air méphitique on fait l'air inflammable.

Pendant que mon phœbus s'endort fur le roti

Des cris tumultueux par-tout ont retenti.

Les gens de Saint-Antoine & ceux de la Cour-

        tille

Ont promis d'enlever la tour de la baftille;

Ce fort n'a refifté plus de quatre cents ans

Que pour couvrir de gloire un troupeau de

        manans.

On le prend en effet, car le portier le donne;

Il eût intimidé cette bande poltrene,

En difant feulement, meffieurs, on n'entre pas.

            C

Mais le chien a fait là le métier de Judas.
Cependant on a vu le chef de cette clique
Porter fur un vil front la couronne civtque ;
Du triomphe à Paris on a rendu l'honneur
Et dreffé des autels au foldat deferteur,
Qui ne méritant pas une pareille aubaine
Avoit pris fon parti pour aller à la chaîne.

CHANT V.

J'AI dit un peu plus haut comment le ma-
giftrat
Crut devoir fe fervir de la patte du chat.
Ce fujet convenoit à ma mufe cauftique ;
Mais quand il faut quitter une fcene comique,
Et peindre la fureur d'un peuple de bourreaux,
Je détourne la vue & brife mes pinceaux ;
Malheur au forcéné dont la main ennemie
A femé fur Paris la honte & l'infamie,
Et périffe à jamais la foule d'écrivains,
Qu'on voit depuis fix mois étayant fes def-
feins,

Abreuver le public du fiel des Eumenides,
Et souffler dans les cœurs ses projets homicides
Au mépris de son âge, au mépris de son rangs
Du malheureux Lauay vous déchirez le flanc,
Et son crime à vos yeux, populace rebelle,
Fut d'avoir respecté dans son ame fidelle
Ses sermens à l'honneur, ses sermens à son Roi
Et de tous ses devoirs fait sa suprême loi.
Envain me direz-vous que par sa perfidie
Il mérita le nom de traître à la Patrie;
Vous osez prononcer avec témérité,
Ce nom que vos pareils ont si bien mérité,
Qui? vous, a (répondez race dégenérée)
De l'imprenable fort facilité l'entrée?
Vous n'avez abordé ce brave chevalier,
Qu'en portant à ses pieds le rameau d'olivier,
Et de la trahison voilant la sourde trame,
Ce symbole de paix fut un signal infame;
Car le juste n'a vu dans ce coupable assaut,
Qu'un échelon de plus pour gravir l'échafaut.

CHANT VI.

UN moment s'il vousplait, populace royale,
A vos fuccès brillans mettez quelque intervalle,
Et donnez le loifir à mon foible crayon
De p:fei avec vous du tragique au bouffon,
H:las! vœux fuperflus; les héros de la greve,
Sembarraffant fort peu que mon pegafe en creve,
Ne font – ils pas certains que leurs vaillans
        exploits.
Se trouveront un jour dans les faftes des Rois.
Il faut en attendant cette noble trouvaille,
Dire ce que penfoit le feigneur de Verfailles.
Ce bon prince, dit-on, parut un peu furpris
De voir tant de Céfars dans les murs de Paris,
Partons s'écria-t-il, volons de rue en rue,
Sans cela je vois bien ma couronne tondue;
Vite mon tape-cul, mais non.... Prenons le
        pot,
Et nous le laifferons à la Grille-Chaillot.
Une fois au fauxbourg nous monterons en fiacre,
Car je veux arriver fier comme un archidiacre,

Et puifque je fais tant que d'en faire les frais,
Pour quelques fols de plus je veux qu'il foit
    Anglais.
Antoinette, dit-on , avertit le monarque
Qu'il alloit affronter le cifeau de la parque ,
Et que l'on pourroit bien du coin d'un carre-
    four. . . . .
Vous ôfez , dit le roi, fufpecter leur amour?....
Vous mériteriez bien que cinq ou fix taloches....
Il fe tut , & partit par le bureau des coches
Chemin faifant, dit-on, il marmotoit tout **bas**
C'étoit apparemment fon in manus-tuas.
Henri quatre & Céfar trotoit dans fa mémoire
Car ce bon roi poffede un tant foi peu d'hiftoire

CHANT VII.

O toi docte apollon , mon maître & **mon**
    feigneur
Ne m'abandonne pas, j'ai befoin de fouffleur ;
Fais que de Jupiter le femelle trompette ,
Apprenne à l'univers l'attendriffante fête ,

Où j'ai vu les badauts, le fait eſt bien certain
De pair à compagnon avec leur ſouverain :
Je l'ai vu ce bon roi dépoſant toute pompe,
Venir leur confeſſer qu'aiſément on le trompe;
Je ſçais que ma cour fut celle du roi petau,
Et qu'on me prit ſouvent pour le roi de carreau,
Mais je promets, dit-il, & de plus vous le jure
Que je ne ferai plus un monarque en peinture.
Je dois vous prévenir, Meſſieurs, qu'il n'eſt
        pas beau
De faire dans Paris le métier de bourreau.
Vous ôſez menacer ma moitié de la corde?
Mais comme à ſes bourreaux dieu fit miſéricorde
Elle pardonne auſſi, mais n'y revenez pas,
Car je ferois tuer tout ce qui feroit gras.
Il dit... ſe retira.... meſdames les poiſſardes
Lui ſervirent, dit-on, & d'eſcorte & de gardes,
Tandis qu'on le montroit comme un ecce homo,
Le roi ſe pavanoit dans un vieux berlingo;
Des pages ſavoyards étoient à la portiere,
Et quelques porte-fais huchés ſur le derriere.
Qu'il eſt grand le héros qui, fier d'un pareil train

Choifir un ferrurier pour écuyer de main! (1)
On prétend à Turin , en Pruffe , en Allemagne '
Qu'on l'a nommé depuis fouverain de Cocagne ;
Tout autre en pareil cas eût fait comme le roi,
Car la néceffité ne connoît pas de loi.

CHANT VIII.

Le roi s'acheminoit du côté de Verfailles
Toujours environné d'une énorme canaille,
On entendoit les cris de trois cents mille voix
Qui le félicitoient de s'être fait bourgeois,
Car le chef orgueilleux de la nouvelle garde
L'avoit prefque forcé d'arborer la cocarde ;
Sur ce fait à l'inftant Cherin interrogé ,
Avoue que Louis avoit fort dérogé.
La nobleffe à ces mots éclatant en murmures,
Dit qu'il ne pouvoit plus monter dans fes
      voitures ;

---

(1) Un ferrurier ouvrit la portiere du caroffe
du roi.

Et Cherin fur ce point, homme fort délicat
Promit de refufer preuve & certificat.

Je me ris dit le roi de cette facetie,

La nobleffe de France eft à fon agonie

Tous fes beaux préjugés n'ont pas le fens
    commun ;

Et je fuis du parti de quatre-vingt contre un.

Ce difcours fut trouvé tout à fait populaire

Il produifit auffi l'effet qu'il devoit faire.

Vive un roi pacifique, un monarque prudent

Et non ce courageux, ce fier Louis-le-Grand,

Qui bien loin de venir s'offrir en holocofte

Fit paffer fes édits à coups de fouet de pofte.

On a vu battre aux champs pendant tout ce
    mic - mac,

D'Artois, Conti, Bourbon, & la gent Polignac.

Mais pourquoi du Dauphin, l'intrigante fou-
    brette

A-t-elle abandonné fon prince à la bavette?

Pour fupplanter les gens on eft affez expert,

Et qui quitte fa place en tout pays la perd.

C'eft un petit malheur, pour moi j'irais au
    diable

Si je m'étois fourré dans quelque cas pendable.

CHANT

CHANT IX.

En dépit des cenſeurs d'aujourd'hui je me
    pique

D'être mauvais plaiſant & très-bon politique

Et duſſe-je tomber ſous le fer des bourreaux

Je prétends rire auſſi des états-généraux.

C'eſt l'arche du ſeigneur, dira-t-on, téméraire !

Dans cette arche en ce cas il eſt plus d'un
    corſaire ?

Leur chef eſt l'amiral qu'on vit au près d'Oueſſan.

Des moyens de douceur le zélé partiſan,

Et qui vient d'encourir le mépris de ſon ordre

En croyant lui donner quelque fil à retordre

Le ciel ſur le coupable appeſantit ſon bras

Et la barque à vau l'eau va bientôt couler bas.

L'enfer en a frémi , chaque enragé trépaſſe ,

Tant va la crûche à l'eau qu'enfin elle ſe caſſe,

Chapellier, du parti le vertueux ſupport,

Avec ſon général, a fait nauſrage au port;

Mais le duc généreux, des bords de la Tamiſe,

D

Veille fur fon ami dans cet inftant de crife,
Partez-lui, mande-t-il, & je vais fans délai
Solliciter, pour vous, un brevet de jockay ;
Il n'eft que ce métier pour brufquer la fortune,
Et dans tous les Paris faifant caufe commune,
Par mon exemple, inftruit, vous apprendrez
        encore
Que l'unique vertu gît dans la foif de l'or,
Du brave Mirabeau, la légere éloquence,
Peut balancer long-temps le deftin de la France,
Mais s'il fuccombe enfin, Limon lui donnera
La charge d'aboyeur au nouvel opéra.
On ne le plaindra pas, & c'eft-là le vrai gîte,
Où des larges poumons on connoît le mérite.

CHANT X.

Mon pinceau, je le vois, a ralenti fon trein ;
Ma mufe va bientôt me péter dans la main :
Je le fens s'appaifer. . L'original délire
Qui m'a fait depuis peu rimeur à faire rire.
Le bon goût vient enfin corriger cet abus,

Et brifer fous mes doigts , le fifre de Phœbus·

Un autre entonnera fur la troupe héroïque

Les exploits merveilleux du héros d'Amérique·

Les diftricts réunis brigueront cet honneur ,

Et nous ferons forcés de croire à fa valeur.

Sa valeur eft un mot , fa gloire eft un problême.

Eh! pourquoi lui vit-on la face de carême

Le jour que malgré lui les farouches foldats

Lui firent précéder leurs régicides pas?

L'appareil du combat lui troublant la cervelle,

Il fit comme le bon chien de Jean-de-Nivelle.

On pourra m'oppofer fon amour pour fon Roi :

L'amour d'un renegat n'eft pas de bonne aloi ?

Tu vas bien déchanter malheureufe Patrie ,

C'eft pour fauver l'état une planche pourrie.

Un grenadier pourtant piqua fa vanité :

Il partit ... rien de tel qu'un poltron révolté ,

Mais fa pofition étoit fort délicate ,

Que vouloit-on qu'il fît , qu'il fît comme Pilate.

Un loyal chevalier auroit plus fait encore ,

N'avoit-il pas le choix , ou l'opprobre , ou la
      mort.

J'entends fes fectateurs crier , à la lanterne !

Croit-il m'intimider par cette baliverne,
De leurs atrocités pour finir le recueil,
Il faut de leur clameur savoir se battre l'œil.

CHANT XI.

Ce fut, s'il m'en souvient, la nuit du cinq
octobre
Que le guet de Paris s'est barbouillé d'opprobre;
Ce fut la même nuit que son coupable chef,
Foulant aux pieds le lys pour arborer la nef
N'étoit pas plus content qu'une âne qu'on
étrille.
Il alloit cependant illustrer sa famille,
Et nos neveux diront sous son généralat,
Le Roi dans son palais se vit echec & mat.
Cette fois du bon Roi, l'aimable ménagere
A frisé de bien près le fatal réverbere;
Ces tigres forcénés, vomis par les enfers,
A ses bras potélés vouloient donner des fers;
Et peut-être eût-on vu sur sa personne auguste
Un de ces malheureux coller son sale buste,

Si fon généreux gatde affrontant mille morts,
N'eût, attiré fur lui leurs criminels efforts;
Pour donner le loifir à la pauvre Antoinette
De prendre au même inftant la poudre d'ef-
   campette;
Par la porte bâtarde elle s'en fuit foudain,
Emportant fes jupons & fes bas à la main.
Elle dénonce au Roi cet infernal tapage,
Cet attentat, dit - il, n'eft rien aux yeux du
   fage,
Le peuple de Paris qui nous fait la leçon,
Nous apprend que malheur à quelque chofe eft
   bon ;
Je fuis Roi des françois, l'univers me con-
   temple,
A tous les Potentats je dois un grand exemple ;
Je réforme un proverbe, & je montre aujour-
   d'hui,
Que charbonnier toujours, n'eft pas maître
   chez lui.
Je rends grace au Très-haut de cette cataftrophe
Qui m'a fait à trente ans Monarque philofophe.

CHANT XII.

D'Orléans écouta le nouveau Salomon,

Puis courut aux ligueurs répéter le fermon.

Victoire, leur dit-il ; osez tout entreprendre,

Quand on prend du galon, on n'en sauroit trop
        prendre ;

Modérez cependant l'ardeur des Affaffins,

Ils ont parfaitement fecondé mes deffeins.

Mais leur préfence ici pourroit fouiller ma
        gloire,

Qu'ils partent, & demain ils auront leur pour-
        boire.

La Fayette à ces mots, porte à fon Souverain

Les traités qu'il figna de fa royale main,

Et dans le même inftant des cris à perdre
        haleine,

Répétoient en chorus, turlututu rangaine.

Voici, s'il m'en fouvient les vrais mots du
        traité.

La Fayette & Louis, ce jour ont arrêté,

C'eft comme qui diroit, ont donné leur parole,

Que le Louvre à jamais, du Roi feroit la
    géole.

Qu'il y fera gardé par fes propres bourreaux.

Dès que c'eft le defir des états-généraux;

Qu'il rendra fes bontés à la garde infidele,

Qui ne l'abandonna que par excès de zele.

Louis obtint auffi que les gardes abfous,

Pour prix de leur valeur...., iroient planter des
    choux.

C'eft dès lors qu'on a vu l'agent inviolable

Tonner impunément du fond de fon étable;

Et de tous leurs travaux, défendant l'examen,

Ne permettre au Public qu'un miférable *amen*

Moi je dirois amen? non Dieu me la pardonne,

J'aimerois mieux vous voir au fond de la
    Garonne.

Au lieu d'amen, alors, je vous promets fandis,

De dire, de bon cœur, mille *De profundis*.

www.ingramcontent.com/pod-product-compliance
Lightning Source LLC
Chambersburg PA
CBHW061606180626
46818CB00005B/1975